阳光打在地上

·海子名诗美图版·

海子/著
初岸文学/编

北京联合出版公司
Beijing United Publishing Co.,Ltd.

图书在版编目（CIP）数据

阳光打在地上 ：海子名诗美图版 / 海子著 ；初岸文学编. -- 北京 ：北京联合出版公司，2019.3
ISBN 978-7-5596-2652-3

Ⅰ. ①阳… Ⅱ. ①海… ②初… Ⅲ. ①诗集－中国－当代 Ⅳ. ①I227

中国版本图书馆 CIP 数据核字（2018）第 222946 号

阳光打在地上：海子名诗美图版
作　　者：海　子 著
　　　　　初岸文学 编
选题策划：北京时代光华图书有限公司
责任编辑：李艳芬
特约编辑：许　宏
封面设计：介　桑
版式设计：乾之三爻

北京联合出版公司出版
（北京市西城区德外大街 83 号楼 9 层 100088）
廊坊市颖新包装装潢有限公司印刷　新华书店经销
字数 155 千字　880 毫米 ×1230 毫米　1/32　7.75 印张
2019 年 3 月第 1 版　2019 年 3 月第 1 次印刷
ISBN 978-7-5596-2652-3
定价：58.00 元

目录

和所有以梦为马的诗人一样

祖国（或以梦为马）……………………003
亚洲铜………………………………………007
阿尔的太阳…………………………………009
海上…………………………………………013
我，以及其他的证人………………………014
妻子和鱼……………………………………017
村庄…………………………………………020
夏天的太阳…………………………………022
日光…………………………………………024
从六月到十月………………………………026
八月尾………………………………………028
给安徒生（组诗）…………………………030
给卡夫卡……………………………………032
莫扎特在《安魂曲》中说…………………034
谣曲（四首）………………………………036
怅望祁连（之一）…………………………040
怅望祁连（之二）…………………………042
喜马拉雅……………………………………044
九首诗的村庄………………………………047
汉俳…………………………………………049

五月的麦地……………………………052
麦地与诗人……………………………054
麦地（或遥远）………………………057
十四行：夜晚的月亮…………………059
十四行：玫瑰花园……………………061
夜色……………………………………063

道路前面还是道路

四姐妹…………………………………067
新娘……………………………………070
海上婚礼………………………………072
得不到你………………………………074
中午……………………………………076
北方门前………………………………079
房屋……………………………………081
莲界慈航………………………………083
写给脖子上的菩萨……………………086
半截的诗………………………………089
爱情诗集………………………………091
给你（组诗）…………………………093
给 B 的生日 …………………………097
北斗七星　七座村庄…………………099
长发飞舞的姑娘（五月之歌）………101

献诗……………………………103
生日……………………………105
女孩子…………………………107
眺望北方………………………109
四行诗…………………………111
远方……………………………114
山楂树…………………………116
日记……………………………118
我感到魅惑……………………120
折梅……………………………123
最后一夜和第一日的献诗……125
给安庆…………………………127
我请求：雨……………………129

我只愿面朝大海，春暖花开

面朝大海，春暖花开…………133
活在珍贵的人间………………135
城里……………………………137
九盏灯（组诗）………………139
春天……………………………142
歌：阳光打在地上……………144
大自然…………………………146
感动……………………………148

野花……………………………………150
日出……………………………………152
给母亲（组诗）………………………154
月光……………………………………158
幸福的一日……………………………160
重建家园………………………………162
北方的树林……………………………164
期待……………………………………166
新月……………………………………168
小站……………………………………170
幸福（或我的女儿叫波兰）…………173
十四行：王冠…………………………175

孤独不可言说

在昌平的孤独…………………………179
孤独的东方人…………………………181
抱着白虎走过海洋……………………183
天鹅……………………………………185
海子小夜曲……………………………188
哭泣……………………………………190
七月不远………………………………192
九月……………………………………195
水抱屈原………………………………197

夜晚　亲爱的朋友……………………199
晨雨时光……………………………201
野鸽子………………………………203
八月之杯……………………………205
秋……………………………………207
在大草原上预感到海的降临…………209
西藏…………………………………211
青海湖………………………………213
无名的野花…………………………215
遥远的路程…………………………218
神秘的二月的时光…………………220
黎明（之二）………………………222
桃花开放……………………………224
春天，十个海子……………………226
黑夜的献诗…………………………228
明天醒来我会在哪一只鞋子里………231
我飞遍草原的天空…………………234

附录

众说海子………………………………237

和所有以梦为马的诗人一样

故乡的星和羊群

像一支支白色美丽的流水

祖国（或以梦为马）

我要做远方的忠诚的儿子
和物质的短暂情人
和所有以梦为马的诗人一样
我不得不和烈士和小丑走在同一道路上

万人都要将火熄灭　我一人独将此火高高举起
此火为大　开花落英于神圣的祖国
和所有以梦为马的诗人一样
我藉此火得度一生的茫茫黑夜

此火为大　祖国的语言和乱石投筑的梁山城寨
以梦为上的敦煌——那七月也会寒冷的骨骼
如雪白的柴和坚硬的条条白雪　横放在众神之山
和所有以梦为马的诗人一样
我投入此火　这三者是囚禁我的灯盏　吐出光辉

万人都要从我刀口走过　去建筑祖国的语言

我甘愿一切从头开始

和所有以梦为马的诗人一样

我也愿将牢底坐穿

众神创造物中只有我最易朽　带着不可抗拒的死亡的速度

只有粮食是我珍爱　我将她紧紧抱住　抱住她　在故乡生儿育女

和所有以梦为马的诗人一样

我也愿将自己埋葬在四周高高的山上　守望平静家园

面对大河我无限惭愧

我年华虚度　空有一身疲倦

和所有以梦为马的诗人一样

岁月易逝　一滴不剩　水滴中有一匹马儿一命归天

千年后如若我再生于祖国的河岸

千年后我再次拥有中国的稻田　和周天子的雪山　天马踢踏

和所有以梦为马的诗人一样

我选择永恒的事业

我的事业　就是要成为太阳的一生

他从古至今——“ 日 ”——他无比辉煌无比光明
和所有以梦为马的诗人一样
最后我被黄昏的众神抬入不朽的太阳

太阳是我的名字
太阳是我的一生
太阳的山顶埋葬　诗歌的尸体——千年王国和我
骑着五千年凤凰和名字叫“ 马 ”的龙——我必将失败
但诗歌本身以太阳①必将胜利

①此处“以”，即“以太阳的名义”。原稿如此。

和所有以梦为马的诗人一样

/// ///

我藉此火得度一生的茫茫黑夜

亚洲铜

亚洲铜，亚洲铜
祖父死在这里，父亲死在这里，我也将死在这里
你是唯一的一块埋人的地方

亚洲铜，亚洲铜
爱怀疑和爱飞翔的是鸟，淹没一切的是海水
你的主人却是青草，住在自己细小的腰上，守住野花的手掌和秘密

亚洲铜，亚洲铜
看见了吗？那两只白鸽子，它是屈原遗落在沙滩上的白鞋子
让我们——我们和河流一起，穿上它吧

亚洲铜，亚洲铜
击鼓之后，我们把在黑暗中跳舞的心脏叫做月亮
这月亮主要由你构成

亚洲铜，亚洲铜

/// 击鼓之后，我们把在黑暗中跳舞的心脏叫做月亮 ///

这月亮主要由你构成

阿尔的太阳①

——给我的瘦哥哥

“一切我所向着自然创作的，是栗子，从火中取出来的。啊，那些不信仰太阳的人是背弃了神的人。”②

到南方去

到南方去

你的血液里没有情人和春天

没有月亮

面包甚至都不够

朋友更少

只有一群苦痛的孩子，吞噬一切

瘦哥哥凡·高，凡·高啊

从地下强劲喷出的

火山一样不计后果的

是丝杉和麦田

还是你自己

喷出多余的活命的时间

其实，你的一只眼睛就可以照亮世界

①阿尔系法国南部一小镇，凡·高在此创作了七八十幅画，这是他的黄金时期。——海子自注

②引文摘自凡·高致其弟提奥的信。

但你还要使用第三只眼，阿尔的太阳
把星空烧成粗糙的河流
把土地烧得旋转
举起黄色的痉挛的手，向日葵
邀请一切火中取栗的人
不要再画基督的橄榄园
要画就画橄榄收获
画强暴的一团火
代替天上的老爷子
洗净生命
红头发的哥哥，喝完苦艾酒
你就开始点这把火吧
烧吧

举起黄色的痉挛的手，向日葵
邀请一切火中取栗的人

/// 所有的日子都是海上的日子 ///

海上

所有的日子都是海上的日子
穷苦的渔夫
肉疙瘩像一卷笨拙的绳索
在波浪上展开
想抓住远方
闪闪发亮的东西
其实那只是太阳的假笑
他抓住的只是几块会腐烂的木板:
房屋、船和棺材

成群游来鱼的脊背
无始无终
只有关于青春的说法
一触即断

我，以及其他的证人

故乡的星和羊群
像一支支白色美丽的流水
跑过
小鹿跑过
夜晚的目光紧紧追着

在空旷的野地上，发现第一枝植物
脚插进土地
再也拔不出
那些寂寞的花朵
是春天遗失的嘴唇

为自己的日子
在自己的脸上留下伤口
因为没有别的一切为我们作证

我和过去

隔着黑色的土地
我和未来
隔着无声的空气

我打算卖掉一切
有人出价就行
除了火种、取火的工具
除了眼睛
被你们打得出血的眼睛

一只眼睛留给纷纷的花朵
一只眼睛永不走出铁铸的城门
　　黑井

那些寂寞的花朵
是春天遗失的嘴唇

妻子和鱼

我怀抱妻子
就像水儿抱鱼
我一边伸出手去
试着摸到小雨水，并且嘴唇开花

而鱼是哑女人
睡在河水下面
常常在做梦中
独自一人死去

我看不见的水
痛苦新鲜的水
淹过手掌和鱼
流入我的嘴唇

水将合拢
爱我的妻子

我怀抱妻子

/// ///

就像水儿抱鱼

小雨后失踪
水将合拢

没有人明白她水上
是妻子水下是鱼
或者水上是鱼
水下是妻子

离开妻子我
自己是一只
装满淡水的口袋
在陆地上行走

村庄

村庄里住着
母亲和儿子
儿子静静地长大
母亲静静地注视

芦花丛中
村庄是一只白色的船
我妹妹叫芦花
我妹妹很美丽

/// 村庄是一只白色的船 ///

夏天的太阳

夏天
如果这条街没有鞋匠

我就打赤脚
站到太阳下看太阳

我想到在白天出生的孩子
一定是出于故意

你来人间一趟
你要看看太阳

和你的心上人
一起走在街上

了解她
也要了解太阳

（一组健康的工人

正午抽着纸烟）

夏天的太阳

太阳

当年基督入世

也在这阳光下长大

日光

梨花
在土墙上滑动
牛铎声声

大婶拉过两位小堂弟
站在我面前
像两截黑炭

日光其实很强
一种万物生长的鞭子和血！

日光其实很强
一种万物生长的鞭子和血！

从六月到十月

六月积水的妇人，囤积月光的妇人

七月的妇人，贩卖棉花的妇人

八月的树下

洗耳朵的妇人

我听见对面窗户里

九月订婚的妇人

订婚的戒指

像口袋里潮湿的小鸡

十月的妇人则在婚礼上

吹熄盘中的火光，一扇扇漆黑的木门

飘落在草原上

十月的妇人则在婚礼上

/// 吹熄盘中的火光，一扇扇漆黑的木门 ///

飘落在草原上

八月尾

即使我是一个粗枝大叶的人
我也看见了红豹子、绿豹子

当流水淙淙
八月的泉水
穿越了山冈
月亮是红豹子
树林是绿豹子
少女是你们俩
生下的花豹子
即使我是一个粗枝大叶的人
少女，树林中
你也藏不住了

八月尾，树林绿，月亮红

不久我将看到树叶落了

栗树底下

脊背上挂着鹌鹑的人

少女，无论如何

粗枝大叶的人

看见你啦

给安徒生（组诗）

1

让我们砍下树枝做好木床

一对天鹅的眼睛照亮

一块可供下蛋的岩石

让我们砍下树枝做好木床

我的木床上有一对幸福天鹅

一只匆匆下蛋，一只匆匆死亡

2

天鹅的眼睛落在杯子里

就像日月落在大地上

/// 天鹅的眼睛落在杯子里 ///

就像日月落在大地上

给卡夫卡
囚徒核桃的双脚

在冬天放火的囚徒
无疑非常需要温暖
这是亲如母亲的火光
当他被身后的几十根玉米砸倒
在地，这无疑又是
富农的田地

当他想到天空
无疑还是被太阳烧得一干二净
这太阳低下头来，这脚镣明亮
无疑还是自己的双脚，如同核桃
埋在故乡的钢铁里
工程师的钢铁里

当他想到天空

///　///

无疑还是被太阳烧得一干二净

莫扎特在《安魂曲》中说

我所能看见的妇女
水中的妇女
请在麦地之中
清理好我的骨头
如一束芦花的骨头
把它装在琴箱里带回

我所能看见的
洁净的妇女，河流
上的妇女
请把手伸到麦地之中

当我没有希望
坐在一束麦子上回家
请整理好我那零乱的骨头
放入那暗红色的小木柜，

带回它

像带回你们富裕的嫁妆

谣曲（四首）

之一

你是我的哥哥你招一招手
你不是我的哥哥你走你的路

小灯，小灯，抬起他埋下的眼睛

你的树丛大而黑
你的辕马不安宁
你的嘴唇有野蜜
你是丈夫——还是兄弟

小灯，小灯，抬起他埋下的眼睛

你是我的哥哥你招一招手
你不是我的哥哥你走你的路

之二

白鸽，白鸽
扎好我的头巾
风吹着你们的身子
像吹我白色头巾

白鸽白鸽你别说
美丽的脑袋小太阳
到了黑夜变月亮
白鸽白鸽你别说

之三

南风吹木
吹出花果
我要亲你
花果咬破

之四

月亮月亮慢慢亮
照着一只木头床

/// 南风吹木 ///

吹出花果

我要亲你

花果咬破

河流河流快快流

渡过我的心头肉

白马过河一片白

黑马过河一片黑

这一条河流

总是心头的河流

白马过河是月圆

黑马过河是月残

这一只月亮

总是床头的月亮

怅望祁连（之一）

那些是在过去死去的马匹
在明天死去的马匹
因为我的存在
它们在今天不死
它们在今天的湖泊里饮水食盐

天空上的大鸟
从一颗樱桃
或马骷髅中
射下雪来
于是马匹无比安静
这是我的马匹
它们只在今天的湖泊里饮水食盐

/// 它们在今天的湖泊里饮水食盐 ///

怅望祁连（之二）

星宿　刀　乳房
这就是雪水上流下来的东西
　　“亡我祁连山，使我牛羊不蕃息
　　失我胭脂山，令我妇女无颜色”
只有黑色牲畜的尾巴
鸟的尾巴
鱼的尾巴
儿子们脱落的尾巴
像七种蓝星下
插在屁股上的麦芒
风中拂动
雪水中拂动

星宿　刀　乳房

///　　　　　　　　　　　　　　　　　　　　　　///

这就是雪水上流下来的东西

喜马拉雅

高原悬在天空
天空向我滚来
我丢失了一切
面前只有大海

我是在我自己的远方
我在故乡的海底——
走过世界最高的地方
喜马拉雅　喜马拉雅

你是谁
饥饿
怀孕
把无尽的
滚过天空的头颅
放回天空

/// 我丢失了一切 ///

面前只有大海

我从大海来到落日的中央
飞遍了天空找不到一块落脚之地
今日有粮食却没有饥饿
今天的粮食飞遍了天空

找不到一只饥饿的腹部
饥饿用粮食喂养
更加饥饿，奄奄一息
草原上的天空不可阻挡

嘴唇和我抱住河水
头颅和他的姐妹
在大河底部通向海洋
割下头颅的身子仍在世上
最高的一座山
仍在向上生长

九首诗的村庄

秋夜美丽
使我旧情难忘
我坐在微温的地上
陪伴粮食和水
九首过去的旧诗
像九座美丽的秋天下的村庄
使我旧情难忘

大地在耕种
一语不发，住在家乡
像水滴、丰收或失败
住在我心上

九首过去的旧诗

/// 像九座美丽的秋天下的村庄 ///

汉俳

1. 河水

亡灵游荡的河

在过去我们有多少恐惧

只对你诉说

2. 王位上的诗人

还没剥开羊皮　举着火把

还没剥开少女和母亲美丽的身体

3. 打麦黄昏，老年打麦者

在梨子树下

晚霞常驻

4. 草原上的死亡

在白色夜晚张开身子

我的脸儿，就像我自己圣洁的姐姐

5. 西藏

回到我们的山上去

荒凉高原上众神的火光

6. 意大利文艺复兴

那是我们劳动的时光

朋友们都来自采石场

7. 风吹

茫茫水面上天鹅村庄神奇的门窗合上

8. 黄昏

在此刻　销声匿迹的人　突然出现

他们神秘而哀伤的马匹在树下站定

9. 诗歌皇帝

当众人齐集河畔　高声歌唱生活

我定会孤独返回空无一人的山峦

茫茫水面上天鹅村庄神奇的门窗合上

五月的麦地

全世界的兄弟们
要在麦地里拥抱
东方，南方，北方和西方
麦地里的四兄弟，好兄弟
回顾往昔
背诵各自的诗歌
要在麦地里拥抱

有时我孤独一人坐下
在五月的麦地　梦想众兄弟
看到家乡的卵石滚满了河滩
黄昏常存弧形的天空
让大地上布满哀伤的村庄
有时我孤独一人坐在麦地为众兄弟背诵中国诗歌
没有了眼睛也没有了嘴唇

全世界的兄弟们
要在麦地里拥抱

麦地与诗人

询问

在青麦地上跑着

雪和太阳的光芒

诗人，你无力偿还

麦地和光芒的情义

一种愿望

一种善良

你无力偿还

你无力偿还

一颗放射光芒的星辰

在你头顶寂寞燃烧

答复

麦地

一颗放射光芒的星辰

/// ///

在你头顶寂寞燃烧

别人看见你

觉得你温暖，美丽

我则站在你痛苦质问的中心

　　被你灼伤

我站在太阳　痛苦的芒上

麦地

神秘的质问者啊

当我痛苦地站在你的面前

你不能说我一无所有

你不能说我两手空空

麦地啊，人类的痛苦

是他放射的诗歌和光芒！

麦地（或遥远）

发自内心的困扰　饱含麦粒的麦地
内心暴烈
麦粒在手上缠绕

麦粒　大地的裸露
大地的裸露　在家乡多孤独
坐在麦地上忘却粮仓　歉收或充盈的痛苦
谷仓深处倾吐一句真挚的诗　亲人的询问

幸福不是灯火
幸福不能照亮大地
大地遥远　清澈镌刻
痛苦
海水的光芒
映照在绿色粮仓上
鱼鲜撞动

沙漠之上的雪山

天空的刀刃

冰川　散开大片羽毛的光

大片的光　在河流上空　痛苦地飞翔

十四行：夜晚的月亮

推开树林
太阳把血
放入灯盏

我静静坐在
人的村庄
人居住的地方

一切都和本原一样
一切都存入
人的世世代代的脸
一切不幸

我仿佛
一口祖先们
向后代挖掘的井。
一切不幸都源于我幽深而神秘的水

/// 一切不幸都源于我幽深而神秘的水 ///

十四行：玫瑰花园

明亮的夜晚
我来到玫瑰花园
我脱下诗歌的王冠
和沉重的土地的盔甲

玫瑰花园　玫瑰花园
我们住在绝色美人的身旁　仿佛住在月亮上
我们谈论佛光中显出的美丽身影
和雪水浇灌下你的美丽的家园

我们谈到但丁　和他的永恒的贝亚德丽丝
以及天国、通往那儿永恒的天路历程
四川，我诗歌中的玫瑰花园
那儿诞生了你——像一颗早晨的星那样美丽

明亮的夜晚　多么美丽而明亮
仿佛我们要彻夜谈论玫瑰直到美丽的晨星升起。

明亮的夜晚 多么美丽而明亮
仿佛我们要彻夜谈论玫瑰直到美丽的晨星升起

夜色

在夜色中

我有三次受难：流浪、爱情、生存

我有三种幸福：诗歌、王位、太阳

/// 我有三次受难：流浪、爱情、生存 ///

我有三种幸福：诗歌、王位、太阳

道路前面
还是道路

你来了

一只绿色的月亮

掉进我年轻的船舱

四姐妹

荒凉的山冈上站着四姐妹
所有的风只向她们吹
所有的日子都为她们破碎

空气中的一棵麦子
高举到我的头顶
我身在这荒芜的山冈
怀念我空空的房间，落满灰尘

我爱过的这糊涂的四姐妹啊
光芒四射的四姐妹
夜里我头枕卷册和神州
想起蓝色远方的四姐妹
我爱过的这糊涂的四姐妹啊
像爱着我亲手写下的四首诗
我的美丽的结伴而行的四姐妹
比命运女神还要多出一个

赶着美丽苍白的奶牛　走向月亮形的山峰

到了二月，你是从哪里来的
天上滚过春天的雷，你是从哪里来的
不和陌生人一起来
不和运货马车一起来
不和鸟群一起来

四姐妹抱着这一棵
一棵空气中的麦子
抱着昨天的大雪，今天的雨水
明日的粮食与灰烬
这是绝望的麦子
请告诉四姐妹：这是绝望的麦子
永远是这样
风后面是风
天空上面是天空
道路前面还是道路

风后面是风

/// 天空上面是天空 ///

道路前面还是道路

新娘

故乡的小木屋、筷子、一缸清水
和以后许许多多日子
许许多多告别
被你照耀

今天
我什么也不说
让别人去说
让遥远的江上船夫去说
有一盏灯
是河流幽幽的眼睛
闪亮着
这盏灯今天睡在我的屋子里

过完了这个月，我们打开门
一些花开在高高的树上
一些果结在深深的地下

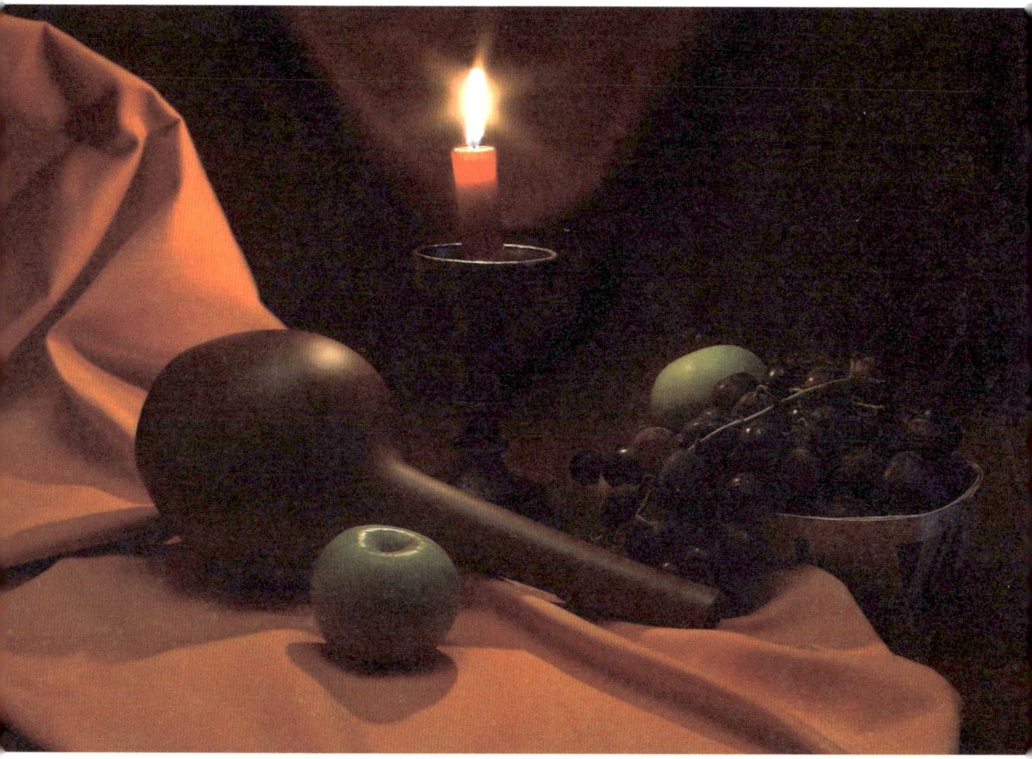

过完了这个月，我们打开门

/// 一些花开在高高的树上 ///

一些果结在深深的地下

海上婚礼

海湾
蓝色的手掌
睡满了沉船和岛屿
一对对桅杆
在风上相爱
或者分开

风吹起你的
头发
一张棕色的小网
撒满我的面颊
我一生也不想挣脱

或者如传说那样
我们就是最早的
两个人
住在遥远的阿拉伯山崖后面

苹果园里

蛇和阳光同时落入美丽的小河

你来了

一只绿色的月亮

掉进我年轻的船舱

得不到你

得不到你
我用河水做成的妻子
得不到你
我的有弱点的妇女

得不到你
妻子滑动河水
情意泥沙俱下

其余的家庭成员俯伏在锅勺上
得不到你
有弱点的爱情

我们确实被太阳烤焦，秋天内外
我不能再保护自己
我不能再
让爱情随便受伤

得不到你

但我同时又在秋天成亲

歌声四起

中午

中午是一丛美丽的树枝
中午是一丛眼睛画成的树枝
看着你

看着你从门前走过
或是走进我的门

走进门
你在

你在一生的情义中
来到
落下布帆
仿佛水面上我握住你的手指

（手指
是船）

写字间里
中午是一丛眼睛画成的
看着你

心上人

爱着，第一次

都很累，船

泊在整个清澈的中午

“你喝水吧

我给你倒了

一碗水”

写字间里

中午是一丛眼睛画成的

看着你

北方门前

北方门前
一个小女人
在摇铃

我愿意
愿意像一座宝塔
在夜里悄悄建成

晨光中她突然发现我
她眺起眼睛
她看得我浑身美丽

晨光中她突然发现我

/// 她眺起眼睛 ///

她看得我浑身美丽

房屋

你在早上
碰落的第一滴露水
肯定和你的爱人有关
你在中午饮马
在一枝青丫下稍立片刻
也和她有关
你在暮色中
坐在屋子里，不动
还是与她有关

你不要不承认

巨日消隐，泥沙相合，狂风奔起
那雨天雨地哭得有情有意
而爱情房屋温情地坐着

遮蔽母亲也遮蔽儿子

遮蔽你也遮蔽我

莲界慈航

七叶树下
九根香
照见菩萨的
第一次失恋

你盘坐莲花

女友像鱼
游过钟的身边
我警告你
要假设一个情人

莲花轻轻摇动

你不需要香火
你知道合掌无用
没有一位好心肠的男青年

莲花轻轻摇动

偷偷送来鞋子

你盘坐莲花

对面墙壁上
爱情是两只老虎
如果你愿意
爱情确实是老虎

莲花轻轻摇动

写给脖子上的菩萨

呼吸，呼吸
我们是装满热气的
两只小瓶
被菩萨放在一起

菩萨是一位很愿意
帮忙的
东方女人
一生只帮你一次

这也足够了
通过她
也通过我自己
双手碰到了你，你的

呼吸

两片抖动的小红帆
含在我的唇间
菩萨知道
菩萨住在竹林里
她什么都知道
知道今晚
知道一切恩情
知道海水是我
洗着你的眉
知道你就在我身上呼吸
呼吸

菩萨愿意
菩萨心里非常愿意
就让我出生
让我长成的身体上
挂着潮湿的你

让我长成的身体上
挂着潮湿的你

半截的诗

你是我的
半截的诗
半截用心爱着
半截用肉体埋着
你是我的
半截的诗
不许别人更改一个字

/// 你是我的

半截的诗

半截用心爱着

半截用肉体埋着 ///

爱情诗集

坐在烛台上
我是一只花圈
想着另一只花圈
不知道何时献上
不知道怎样安放

坐在烛台上

/// 我是一只花圈 ///

想着另一只花圈

给你（组诗）

1

在赤裸的高高的草原上

我相信这一切：

我的脚，一颗牝马的心

两道犁沟，大麦和露水

在那高高的草原上，白云浮动

我相信天才，耐心和长寿

我相信有人正慢慢地艰难地爱上我

别的人不会，除非是你

我俩一见钟情

在那高高的草原上

赤裸的草原上

我相信这一切

我相信我俩一见钟情

冬天的人
像神祇一样走来
因为我在冬天爱上了你

2

我爱你

跑了很远的路

马睡在草上

月亮照着他的鼻子

3

爱你的时刻

住在旧粮仓里

写诗在黄昏

我曾和你在一起

在黄昏中坐过

在黄色麦田的黄昏

在春天的黄昏

我该对你说些什么

黄昏是我的家乡

你是家乡静静生长的姑娘

你是在静静的情义中生长

没有一点声响

你一直走到我心上

4

当她在北方草原摘花的时候

我的双手驶过南方水草

用十指拨开

寂寞的家门

她家木门下几个姐妹的脸

亲人的脸

像南方的雨

真正的雨水

落在我头上

5

冬天的人

像神祇一样走来

因为我在冬天爱上了你

给 B 的生日

天亮我梦见你的生日
好像羊羔滚向东方
——那太阳升起的地方

黄昏我梦见我的死亡
好像羊羔滚向西方
——那太阳落下的地方

秋天来到，一切难忘
好像两只羊羔在途中相遇
在运送太阳的途中相遇
碰碰鼻子和嘴唇
——那友爱的地方
那秋风吹凉的地方
那片我曾经吻过的地方

秋天来到，一切难忘

/// 好像两只羊羔在途中相遇 ///

在运送太阳的途中相遇

北斗七星　七座村庄

——献给萍水相逢的额济纳姑娘

村庄　水上运来的房梁　漂泊不定
还有十天　我就要结束漂泊的生涯
回到五谷丰盛的村庄　废弃果园的村庄
村庄　是沙漠深处你所居住的地方　额济纳！

秋天的风早早地吹　秋天的风高高地吹
静静面对额济纳
白杨树下我吹灭你的两只眼睛
额济纳　大沙漠上静静的睡

额济纳姑娘　我黑而秀美的姑娘
你的嘴唇在诉说　在歌唱
五谷的风儿吹过骆驼和牛羊
翻过沙漠　你是镇子上最令人难忘的姑娘

/// 秋天的风早早地吹 秋天的风高高地吹 ///

长发飞舞的姑娘（五月之歌）

玫瑰谢了，玫瑰谢了
如早嫁的姐妹飘落，飘落四方
我红色的姐姐，我白色的妹妹
大地和水挽留了她们　熄灭了她们
她们黯然熄灭，永远沉默却是为何？
姐妹们，你们能否告诉我
你们永久的沉默是为了什么

长发飞舞的黑眼睛姑娘
不像我的姐姐　也不像妹妹
不似早嫁的姐妹迟迟不归

如今我坐在街镇的一角
为你歌唱，远离了五谷丰盛的村庄

如今我坐在街镇的一角

/// ///

为你歌唱，远离了五谷丰盛的村庄

献诗

——给 S

谁在美丽的早晨
谁在这一首诗中

谁在美丽的火中　飞行
并对我有无限的赠予

谁在炊烟散尽的村庄
谁在晴朗的高空

天上的白云
是谁的伴侣

谁身体黑如夜晚　两翼雪白
在思念　在鸣叫

谁在美丽的早晨
谁在这一首诗中

谁身体黑如夜晚　两翼雪白

在思念　在鸣叫

生日

起风了
太阳的音乐　太阳的马

你坐在近处　坐在远方
像鱼群跟着渔夫　长出了乳房
葡萄牙村庄　长出了乳房
牧羊人的皮鞭　长出了乳房

当我们住在秋天
大地上刮起了秋风
秋天的雨　一阵又一阵
你坐在近处　坐在远方

那时我们多么寂寞
多么遥远啊？

而现在是生日

我点亮烛火点亮新娘的两只耳朵

其他的人和马的耳朵

竖在北方——那一夜的屋顶

女孩子

她走来
断断续续地走来
洁净的脚印
沾满清凉的露水

她有些忧郁
望望用泥草筑起的房屋
望望父亲
她用双手分开黑发
一枝野樱花斜插着默默无语
另一枝送给了谁
却从没人问起

春天是风
秋天是月亮
在我感觉到时
她已去了另一个地方

那里雨后的篱笆像一条蓝色的

小溪

眺望北方

我在海边为什么却想到了你
不幸而美丽的人　我的命运
想起你　我在岩石上凿出窗户
眺望光明的七星
眺望北方和北方的七位女儿
在七月的大海上闪烁流火

为什么我用斧头饮水　饮血如水
却用火热的嘴唇来眺望
用头颅上鲜红的嘴唇眺望北方
也许是因为双目失明

那么我就是一个盲目的诗人
在七月的最早几天
想起你　我今夜跑尽这空无一人的街道
明天，明天起来后我要重新做人
我要成为宇宙的孩子　世纪的孩子

挥霍我自己的青春
然后放弃爱情的王位
　　去做铁石心肠的船长

走遍一座座喧闹的都市
　　我很难梦见什么
除了那第一个七月，永远的七月
七月是黄金的季节啊
当穷苦的人在渔港里领取工钱
我的七月萦绕着我，像那条爱我的孤单的蛇
——她将在痛楚苦涩的海水里度过一生

四行诗

1. 思念

像此刻的风
骤然吹起
我要抱着你
坐在酒杯中

2. 星

草原上的一滴泪
汇集了所有的愤怒和屈辱
泪水，走遍一切泪水
仍旧只是一滴

3. 哭泣

天鹅像我黑色的头发在湖水中燃烧
我要把你接进我的家乡
有两位天使放声悲歌
痛苦地拥抱在家乡屋顶上

像此刻的风
骤然吹起
我要抱着你
坐在酒杯中

4. 大雁

绿蒙蒙的草原上

一个美好少女

在月光照耀的地方

说　好好活吧，亲爱的人

5.[1]

当强盗留下遗言后

夜深独坐，把地牢当作果园

月亮吹着一匹强盗的马

流淌着泪水

6. 海伦

盲诗人荷马

梦着　得到女儿

看得见她　捧着杯子

用我们的双眼站在他面前

①海子未列小标题。——编者注

远方

远方除了遥远一无所有

遥远的青稞地
除了青稞　一无所有

更远的地方　更加孤独
远方啊　除了遥远　一无所有

这时　石头
飞到我身边

石头　长出　血
石头　长出　七姐妹

站在一片荒芜的草原上

那时我在远方

那时我自由而贫穷

这些不能触摸的　姐妹
这些不能触摸的　血
这些不能触摸的　远方的幸福
远方的幸福　是多少痛苦

山楂树

今夜我不会遇见你
今夜我遇见了世上的一切
但不会遇见你

一棵夏季最后
火红的山楂树
像一辆高大女神的自行车
像一个女孩　畏惧群山
呆呆站在门口
她不会向我
跑来！

我走过黄昏
像风吹向远处的平原
我将在暮色中抱住一棵孤独的树干
山楂树！一闪而过　啊！山楂

我要在你火红的乳房下坐到天亮。

又小又美丽的山楂的乳房

在高大女神的自行车上

在农奴的手上

在夜晚就要熄灭

日记

姐姐，今夜我在德令哈，夜色笼罩
姐姐，我今夜只有戈壁

草原尽头我两手空空
悲痛时握不住一颗泪滴
姐姐，今夜我在德令哈
这是雨水中一座荒凉的城

除了那些路过的和居住的
德令哈……今夜
这是唯一的，最后的，抒情。
这是唯一的，最后的，草原。

我把石头还给石头
让胜利的胜利
今夜青稞只属于她自己
一切都在生长

今夜我只有美丽的戈壁　空空

姐姐，今夜我不关心人类，我只想你

我感到魅惑

天上的音乐不会是手指所动
手指本是四肢安排的花豆
我的身子是一份甜蜜的田亩

我感到魅惑
我就想在这条魅惑之河上渡过我自己
我的身子上还有拔不出的春天的钉子

我感到魅惑
美丽女儿，一流到底
水儿仍旧从高向低

坐在三条白蛇编成的篮子里
我有三次渡过这条河
我感到流水滑过我的四肢
一只美丽鱼婆做成我缄默的嘴唇

我感到魅惑

/// 小人儿，既然我们相爱 ///

我们为什么还在河畔拔柳哭泣

我看见，风中飘过的女人
在水中产下卵来
一片霞光中露出来的长长的卵

我感到魅惑
满脸草绿的牛儿
倒在我那牧场的门厅

我感到魅惑
有一种蜂箱正沿河送来
蜂箱在睡梦中张开许多鼻孔

有一只美丽的鸟面对树枝而坐
我感到魅惑

我感到魅惑
小人儿，既然我们相爱
我们为什么还在河畔拔柳哭泣

折梅

站在那里折梅花
山坡上的梅花
寂静的太平洋上一封信
寂静的太平洋上一人站在那里折梅花

折梅人在天上
天堂大雪纷纷　一人踏雪无痕
天堂和寂静的天山一样
大雪纷纷
站在那里折梅
亚洲，上帝的伞
上帝的斗篷，太平洋
太平洋上海水茫茫
上帝带给我一封信
是她写给我的信
我坐在茫茫太平洋上折梅，写信

折梅人在天上

/// ///

天堂大雪纷纷　一人踏雪无痕

最后一夜和第一日的献诗

今夜你的黑头发
是岩石上寂寞的黑夜，
牧羊人用雪白的羊群
填满飞机场周围的黑暗

黑夜比我更早睡去
黑夜是神的伤口
你是我的伤口
羊群和花朵也是岩石的伤口

雪山　用大雪填满飞机场周围的黑暗
雪山女神吃的是野兽穿的是鲜花
今夜　九十九座雪山高出天堂
使我彻夜难眠

黑夜比我更早睡去

黑夜是神的伤口

/ / /　　　　　　　　　/ / /

你是我的伤口

羊群和花朵也是岩石的伤口

给安庆

五岁的黎明
五岁的马
你面朝江水
坐下

四处漂泊
向不谙世事的少女
向安庆城中心神不定的姨妹
打听你，谈论你

可能是妹妹
也可能是姐姐
可能是姻缘
也可能是友情

/// 可能是妹妹

也可能是姐姐

可能是姻缘

也可能是友情 ///

我请求：雨

我请求熄灭
生铁的光、爱人的光和阳光
我请求下雨
我请求
在夜里死去

我请求在早上
你碰见
埋我的人

岁月的尘埃无边
秋天
我请求：
下一场雨
洗清我的骨头

我的眼睛合上

我请求:

雨

雨是一生过错

雨是悲欢离合

我只愿面朝大海
春暖花开

愿你有一个灿烂的前程

愿你有情人终成眷属

愿你在尘世获得幸福

我只愿面朝大海，春暖花开

面朝大海，春暖花开

从明天起，做一个幸福的人
喂马，劈柴，周游世界
从明天起，关心粮食和蔬菜
我有一所房子，面朝大海，春暖花开

从明天起，和每一个亲人通信
告诉他们我的幸福
那幸福的闪电告诉我的
我将告诉每一个人

给每一条河每一座山取一个温暖的名字
陌生人，我也为你祝福
愿你有一个灿烂的前程
愿你有情人终成眷属
愿你在尘世获得幸福
我只愿面朝大海，春暖花开

我只愿面朝大海，春暖花开

活在珍贵的人间

活在这珍贵的人间
太阳强烈
水波温柔
一层层白云覆盖着
我
踩在青草上
感到自己是彻底干净的黑土块

活在这珍贵的人间
泥土高溅
扑打面颊
活在这珍贵的人间
人类和植物一样幸福
爱情和雨水一样幸福

/// 人类和植物一样幸福 ///

爱情和雨水一样幸福

城里

面对棵棵绿树
坐着
一动不动
汽车声音响起在
脊背上
我这就想把我这
盖满落叶的旧外套
寄给这城里
任何一个人
这城里
有我的一份工资
有我的一份水
这城里
我爱着一个人
我爱着两只手
我爱着十只小鱼
跳进我的头发

我最爱煮熟的麦子

谁在这城里快活地走着

我就爱谁

九盏灯（组诗）

1. 少年儿子怀孕

呕吐的儿子　低音的鼓

伏在海水深处

而离你身体更近

也就胀破了大地

一片草蛾

青草破了

他破在一个怀孕的花上

2. 月亮

海底下的大火，经过山谷中的月亮

经过十步以外的少女

风吹过月窟

少女在木柴上

每月一次，发现鲜血

海底下的大火咬着她的双腿
我看见远离大海的少女
脸上大火熊熊

八月的月窟同样大火熊熊
背负积水的少女走进痛苦的树林
那鲜血淋注的木柴排成的漆黑的树林

3. 初恋

在月亮上我双手捂住眼睛
在水滴中我双手捂住眼睛
月亮上一个丫头昏睡不醒
月亮上一个丫头明亮的眼睛
月亮上我披衣坐起　身如水滴

4. 失恋之夜

我轻轻走过去关上窗户
我的手扶着自己　像清风扶着空空的杯子
我摸黑坐下　询问自己
杯中幸福的阳光如今何在?

我脱下破旧的袜子

想一想明天的天气

我的名字躺在我身边

像我重逢的朋友

我从没有像今夜这样珍惜自己

春天

你迎面走来
冰消雪融
你迎面走来
大地微微颤栗

大地微微颤栗
曾经饱经忧患
在这个节日里
你为什么更加惆怅

野花是一夜喜筵的酒杯
野花是一夜喜筵的新娘
野花是我包容新娘
的彩色屋顶

白雪抱你远去
全凭风声默默流逝

春天啊

春天是我的品质

歌：阳光打在地上

阳光打在地上
并不见得
我的胸口在疼
疼又怎样
阳光打在地上

这地上
有人埋过羊骨
有人运过箱子、陶瓶和宝石
有人见过牧猪人，那是长久的漂流之后
阳光打在地上，阳光依然打在地上

这地上
少女们多得好像
我真有这么多女儿
真的曾经这样幸福

用一根水勺子

用小豆、菠菜、油菜

把她们养大

阳光打在地上

大自然

让我来告诉你
她是一位美丽结实的女子
蓝色小鱼是她的水罐
也是她脱下的服装
她会用肉体爱你
在民歌中久久地爱你

你上上下下瞧着
你有时摸到了她的身子
你坐在圆木头上亲她
每一片木叶都是她的嘴唇
但你看不见她
你仍然看不见她

她仍在远处爱着你

你坐在圆木头上亲她
每一片木叶都是她的嘴唇

感动

早晨是一只花鹿
踩到我额上
世界多么好
山洞里的野花
顺着我的身子
一直烧到天亮
一直烧到洞外
世界多么好

而夜晚，那只花鹿
的主人，早已走入
土地深处，背靠树根
在转移一些
你根本无法看见的幸福
野花从地下
一直烧到地面

野花烧到你脸上

把你烧伤

世界多么好

早晨是山洞中

一只踩人的花鹿

野花

野花
和平与情歌
的村庄
女儿的女儿
野花

中国丁香的少女！
在林中酣睡
长发似水
容貌美丽无比
你是囚禁在一颗褐色星球上孤独的情人！

野兽的琴
各色小鸟秘密的隐衷
大地彩色的屋顶
太小太美

如心

心啊
雨和幸福
的女儿
水滴爱你
伴侣爱你
我爱你
野花自己也爱你

日出

——见于一个无比幸福的早晨的日出

在黑暗的尽头

太阳，扶着我站起来

我的身体像一个亲爱的祖国，血液流遍

我是一个完全幸福的人

我再也不会否认

我是一个完全的人我是一个无比幸福的人

我全身的黑暗因太阳升起而解除

我再也不会否认　天堂和国家的壮丽景色

和她的存在……在黑暗的尽头！

我的身体像一个亲爱的祖国，血液流遍

///　　///

我是一个完全幸福的人

给母亲（组诗）

1. 风

风很美　果实也美
小小的风很美
自然界的乳房也美

水很美　水啊
无人和你
说话的时刻很美

你家中破旧的门
遮住的贫穷很美

风　吹遍草原
马的骨头　绿了

2. 泉水

泉水　泉水

生物的嘴唇

蓝色的母亲

用肉体

用野花的琴

盖住岩石

盖住骨头和酒杯

3. 云

母亲

老了，垂下白发

母亲你去休息吧

山坡上伏着安静的儿子

就像山腰安静的水

流着天空

我歌唱云朵

雨水的姐妹

美丽的求婚

我知道自己颂扬情侣的诗歌没有了用场

我歌唱云朵
我知道自己终究会幸福
和一切圣洁的人
相聚在天堂

4. 雪

妈妈又坐在家乡的矮凳子上想我
那一只凳子仿佛是我积雪的屋顶

妈妈的屋顶
明天早上
霞光万道
我要看到你
妈妈，妈妈
你面朝谷仓
脚踩黄昏
我知道你日见衰老

5. 语言和井

语言的本身

像母亲

总有话说，在河畔

在经验之河的两岸

在现象之河的两岸

花朵像柔美的妻子

倾听的耳朵和诗歌

长满一地

倾听受难的水

水落在远方

月光

今夜美丽的月光　你看多好！
照着月光
饮水和盐的马
和声音

今夜美丽的月光　你看多美丽
羊群中　生命和死亡宁静的声音
我在倾听！

这是一只大地和水的歌谣，月光！

不要说　你是灯中之灯　月光！

不要说心中有一个地方
那是我一直不敢梦见的地方
不要问　桃子对桃花的珍藏
不要问　打麦大地　处女　桂花和村镇

今夜美丽的月光　你看多好!

不要说死亡的烛光何须倾倒
生命依然生长在忧愁的河水上
月光照着月光　月光普照
今夜美丽的月光合在一起流淌

幸福的一日

——致秋天的花楸树

我无限地热爱着新的一日
今天的太阳　今天的马　今天的花楸树
使我健康　富足　拥有一生

从黎明到黄昏
阳光充足
胜过一切过去的诗
幸福找到我
幸福说：“瞧　这个诗人
他比我本人还要幸福”

在劈开了我的秋天
在劈开了我的骨头的秋天
我爱你，花楸树

在劈开了我的秋天

/// 在劈开了我的骨头的秋天 ///

我爱你，花楸树

重建家园

在水上　放弃智慧
停止仰望长空
为了生存你要流下屈辱的泪水
来浇灌家园

生存无须洞察
大地自己呈现
用幸福也用痛苦
来重建家乡的屋顶

放弃沉思和智慧
如果不能带来麦粒
请对诚实的大地
保持缄默　和你那幽暗的本性

风吹炊烟
果园就在我身旁静静叫喊

“ 双手劳动

慰藉心灵 ”

北方的树林

槐树在山脚开花
我们一路走来
躺在山坡上　感受茫茫黄昏
远山像幻觉　默默停留一会

摘下槐花
槐花在手中放出香味
香味　来自大地无尽的忧伤
大地孑然一身　至今仍孑然一身

这是一个北方暮春的黄昏
白杨萧萧　草木葱茏
淡红色云朵在最后静止不动
看见了饱含香脂的松树

是啊，山上只有槐树　杨树和松树
我们坐下　感受茫茫黄昏

莫非这就是你我的黄昏

麦田吹来微风　顷刻沉入黑暗

期待

靠着古城墙

就像倚着一个坚实世界

追随鸽哨

让自己消融于渐渐蔚蓝的天空

穿过绵长的林带

把眼神系上一株普通的白桦

草丛中一条小溪

一旦被发现，就是河流

靠着古城墙

/// ///

就像倚着一个坚实世界

新月

只是一弯。在孩子的手臂上
升起
关于巉岩的经历
关于画布的柔和
关于少年心坎的春汛
我的新月摇过所有的风景线

夏天到了
你的眼睛公开
在三叶草上
让早起的人们看见并记住

你秀气的弧线穿过星星的沙滩
赤足，在沁凉的夜潮边上
接着就是黎明

你秀气的弧线穿过星星的沙滩

/// 赤足，在沁凉的夜潮边上 ///

接着就是黎明

小站

——毕业歌

我年纪很小
不用向谁告别
有点感伤
我让自己静静地坐了一会儿

然后我出发
背上黄挎包
装有一本本薄薄的诗集
书名是一个僻静的小站名

小站到了
一盏灯淡得亲切
大家在熟睡
这样，我是唯一的人
拥有这声车鸣
它在深山散开
唤醒一两位敏感的山民

去吧，朋友

那片美丽的牧场属于你

朋友，去吧

并得到隐约的回声

不用问
我们已相识
对话中成为真挚的朋友
向你们诉愿
是自自然然的事
我要到草原去
去晒黑自己
晒黑日记蓝色的封皮

去吧，朋友
那片美丽的牧场属于你
朋友，去吧

幸福（或我的女儿叫波兰）

当我俩同在草原晒黑
是否饮下这最初的幸福　最初的吻

当云朵清楚极了
听得见你我嘴唇
这两朵神秘火焰

这是我母亲给我的嘴唇
这是你母亲给你的嘴唇
我们合着眼睛共同啜饮
像万里洁白的羊群共同啜饮

当我睁开双眼
你头发散乱
乳房像黎明的两只月亮

在有太阳的弯曲的木头上

晾干你美如黑夜的头发

十四行：王冠

我所热爱的少女
河流的少女
头发变成了树叶
两臂变成了树干

你既然不能做我的妻子
你一定要成为我的王冠
我将和人间的伟大诗人一同佩戴
用你美丽叶子缠绕我的竖琴和箭袋

秋天的屋顶　时间的重量
秋天又苦又香
使石头开花　像一顶王冠

秋天的屋顶又苦又香
空中弥漫着一顶王冠
被劈开的月桂和扁桃的苦香

秋天的屋顶又苦又香
空中弥漫着一顶王冠
被劈开的月桂和扁桃的苦香

孤独不可言说

有一只天鹅受伤

正如民歌手所唱

在昌平的孤独

孤独是一只鱼筐
是鱼筐中的泉水
放在泉水中

孤独是泉水中睡着的鹿王
梦见的猎鹿人
就是那用鱼筐提水的人

以及其他的孤独
是柏木之舟中的两个儿子
和所有女儿，围着诗经桑麻沅湘木叶
在爱情中失败
他们是鱼筐中的火苗
沉到水底

拉到岸上还是一只鱼筐
孤独不可言说

拉到岸上还是一只鱼筐

/// ///

孤独不可言说

孤独的东方人

孤独的东方人第一次感到月光遍地
月亮如轻盈的野兽
踩入林中
孤独的东方人第一次随我这月亮爬行

（爱人像一片叶子完整地藏在树上
正是她只身随我进入河流）

爬行中
不能没有
一路思念
让我谢谢你，几番追逐之后
爱情远遁心中
让我在树下和夜晚对面而坐

（爱人说孩子
孩子是

落入怀中的阳光

哇哇大哭)

于是

孤独的东方人开口闭口之间

太阳已出

我爬行只求:

孩子平安

我爬行只求:人爱我心

抱着白虎走过海洋

倾向于宏伟的母亲
抱着白虎走过海洋

陆地上有堂屋五间
一只病床卧于故乡

倾向于故乡的母亲
抱着白虎走过海洋

扶病而出的儿子们
开门望见了血太阳

倾向于太阳的母亲
抱着白虎走过海洋

左边的侍女是生命
右边的侍女是死亡

倾向于死亡的母亲

抱着白虎走过海洋

天鹅

夜里，我听见远处天鹅飞越桥梁的声音
我身体里的河水
呼应着她们

当她们飞越生日的泥土、黄昏的泥土
有一只天鹅受伤
其实只有美丽吹动的风才知道
她已受伤。她仍在飞行

而我身体里的河水却很沉重
就像房屋上挂着的门扇一样沉重
当她们飞过一座远方的桥梁
我不能用优美的飞行来呼应她们

当她们像大雪飞过墓地
大雪中却没有路通向我的房门
——身体没有门——只有手指

有一只天鹅受伤
正如民歌手所唱

竖在墓地，如同十根冻伤的蜡烛

在我的泥土上
在生日的泥土上
有一只天鹅受伤
正如民歌手所唱

海子小夜曲

以前的夜里我们静静地坐着
我们双膝如木
我们支起了耳朵
我们听得见平原上的水和诗歌
这是我们自己的平原，夜晚和诗歌

如今只剩下我一个
只有我一个双膝如木
只有我一个支起了耳朵
只有我一个听得见平原上的水
　　诗歌中的水
在这个下雨的夜晚
如今只剩下我一个
为你写着诗歌
这是我们共同的平原和水
这是我们共同的夜晚和诗歌

是谁这么说过　海水
要走了　要到处看看
我们曾在这儿坐过

哭泣

哭泣——一朵乌黑的火焰
我要把你接进我的屋子
屋顶上有两位天使拥抱在一起
哭泣——我是湖面上最后一只天鹅
黑色的天鹅像我黑色的头发在湖水中燃烧
用你这黑色肉体的谷仓带走我
哭泣——一朵乌黑的新娘
我要把你放在我的床上
我的泪水中有对自己的哀伤

我要把你放在我的床上

/// ///

我的泪水中有对自己的哀伤

七月不远
——给青海湖，请熄灭我的爱情

七月不远
性别的诞生不远
爱情不远——马鼻子下
湖泊含盐

因此青海不远
湖畔一捆捆蜂箱
使我显得凄凄迷人：
青草开满鲜花

青海湖上
我的孤独如天堂的马匹
（因此，天堂的马匹不远）

我就是那个情种：诗中吟唱的野花
天堂的马肚子里唯一含毒的野花
（青海湖，请熄灭我的爱情！）

/// 青海湖，请熄灭我的爱情！ ///

野花青梗不远，医箱内古老姓氏不远
（其他的浪子，治好了疾病
已回原籍，我这就想去见你们）

因此跋山涉水死亡不远
骨骼挂遍我身体
如同蓝色水上的树枝

啊，青海湖，暮色苍茫的水面
一切如在眼前！

只有五月生命的鸟群早已飞去
只有饮我宝石的头一只鸟早已飞去
只剩下青海湖，这宝石的尸体
　　　　　　　暮色苍茫的水面

九月

目击众神死亡的草原上野花一片
远在远方的风比远方更远
我的琴声呜咽　泪水全无
我把这远方的远归还草原
一个叫马头　一个叫马尾
我的琴声呜咽　泪水全无

远方只有在死亡中凝聚野花一片
明月如镜高悬草原映照千年岁月
我的琴声呜咽　泪水全无
只身打马过草原

目击众神死亡的草原上野花一片

/// ///

远在远方的风比远方更远

水抱屈原

举着火把、捕捉落入
水的人

水抱屈原：如夜深打门的火把倒向怀中
水中之墓呼唤鱼群

我要离开一只平静的水罐
骄傲者的水罐——
宝剑埋在牛车的下边

水抱屈原：一双眼睛如火光照亮
水面上千年羊群
我在这时听见了世界上美丽如画

水抱屈原是我
如此尸骨难收

水抱屈原是我
如此尸骨难收

夜晚　亲爱的朋友

在什么树林，你酒瓶倒倾
你和泪饮酒，在什么树林，把亲人埋葬

在什么河岸，你最寂寞
搬进了空荡的房屋，你最寂寞，点亮灯火

什么季节，你最惆怅
放下了忙乱的箩筐
大地茫茫，河水流淌
是什么人掌灯，把你照亮

哪辆马车，载你而去，奔向远方
奔向远方，你去而不返，是哪辆马车

哪辆马车，载你而去，奔向远方

/// ///

奔向远方，你去而不返，是哪辆马车

晨雨时光

小马在草坡上一跳一跳
这青色麦地晚风吹拂
在这个时刻　我没有想到
五盏灯竟会同时亮起

青麦地像马的仪态　随风吹拂
五盏灯竟会一盏一盏地熄灭

往后　雨会下到深夜　下到清晨
天色微明
山梁上定会空无一人

不能携上路程
当众人齐集河畔　高声歌唱生活
我定会孤独返回空无一人的山峦

不能携上路程

/// 当众人齐集河畔 高声歌唱生活 ///

我定会孤独返回空无一人的山峦

野鸽子

当我面朝火光
野鸽子　在我家门前的细树上
吐出黑色的阴影的火焰

野鸽子
——这黑色的诗歌标题　我的懊悔
和一位隐身女诗人的姓名

这究竟是山喜鹊之巢还是野鸽子之巢
在夜色和奥秘中
野鸽子　打开你的翅膀
飞往何方？　在永久之中

你将飞往何方？！

野鸽子是我的姓名

黑夜颜色的奥秘之鸟

我们相逢于一场大火

八月之杯

八月逝去　山峦清晰
河水平滑起伏
此刻才见天空
天空高过往日

有时我想过
八月之杯中安坐真正的诗人
仰视来去不定的云朵
也许我一辈子也不会将你看清

一只空杯子　装满了我撕碎的诗行
一只空杯子　——可曾听见我的喊叫？！
一只空杯子内的父亲啊
内心的鞭子将我们绑在一起抽打

八月逝去　山峦清晰

河水平滑起伏

/// 此刻才见天空 ///

天空高过往日

秋

秋天深了，神的家中鹰在集合
神的故乡鹰在言语
秋天深了，王在写诗
在这个世界上秋天深了
该得到的尚未得到
该丧失的早已丧失

/// 该得到的尚未得到 ///

该丧失的早已丧失

在大草原上预感到海的降临

我的双手触到草原，
黑色孤独的夜的女儿。

我为我自己铺下干草
夜的女儿，我也为你。

牧羊女打开自己——
一只黑色的羊
蹲伏在你的腹部。

多么温暖的火红的岩石
多么柔软地躺在马车上
月亮形的马，进入了海底。

一夜之间，草原是如此遥远，如此深厚，如此神秘。
海也一样。
一夜之间，

草贴着地长，

你我都是草中的羊。

西藏

西藏，一块孤独的石头坐满整个天空
没有任何夜晚能使我沉睡
没有任何黎明能使我醒来

一块孤独的石头坐满整个天空
他说：在这一千年里我只热爱我自己

一块孤独的石头坐满整个天空
没有任何泪水使我变成花朵
没有任何国王使我变成王座

西藏，一块孤独的石头坐满整个天空

青海湖

这骄傲的酒杯
为谁举起
荒凉的高原

天空上的鸟和盐　为谁举起

波涛从孤独的十指退去
白鸟的岛屿，儿子们围住
在相距遥远的肮脏镇上。

一只骄傲的酒杯
青海的公主　请把我抱在怀中
我多么贫穷，多么荒芜，我多么肮脏
一双雪白的翅膀也只能给我片刻的幸福

我看见你从太阳中飞来

蓝色的公主　青海湖

我孤独的十指化为天空上雪白的鸟

无名的野花

看不见你，十六岁的你
看不见无名的，芳香的
正在开花的你。

看不见提着鞋子　在雨中
走在大草原上的
恍惚的女神

看不见你，小小的年纪
一身红色地走在
空荡荡的风中

来到我身边，
你已经成熟，
你的头发垂下像黑夜。
我是黑夜中孤独的僧侣
埋下种籽在石窟中，

我将这九盏灯
嵌入我的肋骨。

无论是白色的还是绿色的
起自天堂或地府的
青海湖上的大风
吹开了紫色血液
开上我的头颅，
我何时成了这一朵
无名的野花？

我何时成了这一朵
无名的野花？

遥远的路程

十四行献给 89 年初的雪

我的灯和酒坛上落满灰尘
而遥远的路程上却干干净净
我站在元月七日的大雪中，还是四年以前的我
我站在这里，落满了灰尘，四年多像一天，没有变动
大雪使屋子内部更暗，待到明日天晴
阳光下的大雪刺痛人的眼睛，这是雪地，使人羞愧
一双寂寞的黑眼睛多想大雪一直下到他内部

雪地上树是黑暗的，黑暗得像平常天空飞过的鸟群
那时候你是愉快的，忧伤的，混沌的
大雪今日为我而下，映照我的肮脏
我就是一把空空的铁锹
铁锹空得连灰尘也没有
大雪一直纷纷扬扬
远方就是这样的，就是我站立的地方

大雪一直纷纷扬扬

/// ///

远方就是这样的，就是我站立的地方

神秘的二月的时光

噙住泪水，在神秘的
二月的时光

神秘的二月的时光
经过北方单调的平原
来到积雪的山顶
群山正在下雪
山坳中梅树流淌着今年冬天的血
无人知道的，寂静的鲜血

山坳中梅树流淌着今年冬天的血
无人知道的，寂静的鲜血

黎明（之二）
（二月的雪，二月的雨）

我把天空和大地打扫干干净净
归还给一个陌不相识的人
我寂寞地等，我阴沉地等
二月的雪，二月的雨

泉水白白流淌
花朵为谁开放
永远是这样美丽负伤的麦子
吐着芳香，站在山冈上

荒凉大地承受着荒凉天空的雷霆
圣书上卷是我的翅膀，无比明亮
有时像一个阴沉沉的今天
圣书下卷肮脏而欢乐
当然也是我受伤的翅膀
荒凉大地承受着更加荒凉的天空

我空荡荡的大地和天空
是上卷和下卷合成一本
的圣书，是我重又劈开的肢体
流着雨雪、泪水在二月

桃花开放

秋天的火把断了　是别的花在开放
冬天的火把是梅花
现在是春天的火把
被砍断
悬在空中
寂静的
抽搐四肢
罩住一棵树　树林根深叶茂　花朵悬在空中
零散的抒情小诗像桃树　散放在山丘上
桃花抽搐四肢倒在我身上

桃花开放
从月亮飞出来的马
钉在太阳那轰轰隆隆的春天的本上

桃花开放

/// 从月亮飞出来的马 ///

钉在太阳那轰轰隆隆的春天的本上

春天，十个海子

春天，十个海子全部复活
在光明的景色中
嘲笑这一个野蛮而悲伤的海子
你这么长久地沉睡究竟为了什么？

春天，十个海子低低地怒吼
围着你和我跳舞，唱歌
扯乱你的黑头发，骑上你飞奔而去，尘土飞扬
你被劈开的疼痛在大地弥漫

在春天，野蛮而悲伤的海子
就剩下这一个，最后一个
这是一个黑夜的孩子，沉浸于冬天，倾心死亡
不能自拔，热爱着空虚而寒冷的乡村

那里的谷物高高堆起，遮住了窗户
他们把一半用于一家六口人的嘴，吃和胃

一半用于农业，他们自己的繁殖

大风从东刮到西，从北刮到南，无视黑夜和黎明

你所说的曙光究竟是什么意思

黑夜的献诗

献给黑夜的女儿

黑夜从大地上升起
遮住了光明的天空
丰收后荒凉的大地
黑夜从你内部上升

你从远方来，我到远方去
遥远的路程经过这里
天空一无所有
为何给我安慰

丰收之后荒凉的大地
人们取走了一年的收成
取走了粮食骑走了马
留在地里的人，埋得很深

草杈闪闪发亮，稻草堆在火上
稻谷堆在黑暗的谷仓

黑夜从大地上升起
遮住了光明的天空

谷仓中太黑暗，太寂静，太丰收
也太荒凉，我在丰收中看到了阎王的眼睛

黑雨滴一样的鸟群
从黄昏飞入黑夜
黑夜一无所有
为何给我安慰

走在路上
放声歌唱
大风刮过山冈
上面是无边的天空

明天醒来我会在哪一只鞋子里

我想我已经够小心翼翼的
我的脚趾正好十个
我的手指正好十个
我生下来时哭几声
我死去时别人又哭
我不声不响地
带来自己这个包袱
尽管我不喜爱自己
但我还是悄悄打开

我在黄昏时坐在地球上
我这样说并不表明晚上
我就不在地球上　早上同样
地球在你屁股下
结结实实
老不死的地球你好

或者我干脆就是树枝
我以前睡在黑暗的壳里
我的脑袋就是我的边疆
就是一颗梨
在我成形之前
我是知冷知热的白花

或者我的脑袋是一只猫
安放在肩膀上
造我的女主人荷月远去
成群的阳光照着大猫小猫
我的呼吸
一直在证明
树叶飘飘

我不能放弃幸福
或相反
我以痛苦为生
埋葬半截
来到村口或山上

我盯住人们死看：

呀，生硬的黄土，人丁兴旺

我飞遍草原的天空

草原上的天空不可阻挡
互相击碎的刀剑飞回家乡
佩在姐妹的脖子上
让乳房裸露，子夜的金银顺河流淌

月亮啊　月亮
把新娘的尸体抬到草原上
一只野花的杯子里　鬼魂千万
“我死在野花杯中　我也是一条命啊”

不可饶恕草原上的鬼魂
不可饶恕杀人的刀枪
不可饶恕埋人的石头
更不可饶恕　天空

我从大海来到落日的正中央
飞遍了天空找不到一块落脚之地

今日有粮食却没有饥饿
今天的粮食飞遍了天空

找不到一只饥饿的腹部
饥饿用粮食喂养
更加饥饿，奄奄一息
草原的天空不可阻挡

今天有家的　必须回家
今天有书的　必须读书
今天有刀的　必须杀人
草原的天空不可阻挡

///

今天有家的　必须回家

今天有书的　必须读书

今天有刀的　必须杀人

草原的天空不可阻挡

///

附录

众说海子

骆一禾

海子的重要性特别表现在：海子不是一个事件，而是一种悲剧，正如酒和粮食的关系一样，这种悲剧把事件造化为精华。

这个年轻人专为获取圣杯而骤现，唯他青春的手可拿下圣杯，圣杯在手便骤然死去，一生便告完结。

西　川

诗人海子的死将成为我们这个时代的神话之一。

这个渴望飞翔的人注定要死于大地，但是谁能肯定海子的死不是另一种飞翔，从而摆脱漫长的黑夜、根深蒂固的灵魂之苦，呼应黎明中弥赛亚洪亮的召唤？

海子一生爱过四个女孩子，但每一次的结果都是一场灾难，特别是他初恋的女孩子更与他的全部生命有关。

西　渡

实际上，（骆一禾、海子）他们创造了一种新的意象，并进而创造了一种区别于朦胧诗的当代新诗。

我们看到海子有时候其实并不了解自己——他不大善于倾听别人，似乎也不太善于倾听自己。对于“细节”的否定，则暗含着海子对世界的否定。海子诗歌着力表现的是自我对世界的感觉、感受、感情、体验，但对世界本身却相当漠视。

海子的诗绝少把死亡联系于悲伤、哀恸、恐惧的感情。与此相反，他想象中的死亡是温柔、安详、美丽的，甚至是幸福和欢乐的。……海子大概也是把死亡表现得最美的中国诗人。

燎　原

说起海子，我们会本能性地想起他的那些短诗，比如被广为传诵的《面朝大海，春暖花开》《麦地》《日记》《祖国（或以梦为马）》等等，并以为这就是他的全部。但事实上，这仅仅是一个部分性的海子，一个被我们通俗化、也简单化了的海子。而他真实的诗歌成就和思想闪电抵达的遥远边界，则远远地超出了我们的想象。因此，我们目前所谈及的，是一个远未被读完的海子。

在中国新诗史上，没有任何一位诗人能像海子，对于中国乡村生活中的饥饿，有着那样刻骨铭心的感受和书写，并将“麦子”作为诗歌中的词根，延伸出麦地、粮食、谷物、吃和胃这一语词系统。